大偵探福爾摩斯

密函失竊案

SHERLOCK HOLMES

序

20多年前留學日本時，看過一套電視動畫片集，叫做《名探偵福爾摩斯》，劇中人物全都是狗。這個擬人化手法，把福爾摩斯查案的經過拍得活靈活現，瘋魔了不少日本小朋友，也讓我留下深刻印象。後來才知道，這套動畫片集的導演不是別人，原來就是後來拍了《天空之城》、《龍貓》和《崖上的波兒》的大導演宮崎駿！

創作這套《大偵探福爾摩斯》圖畫故事書時，與負責繪畫的余遠鍠老師談起這段往事，我們都覺得這個手法值得參考。但珠玉在前，怎樣才能編繪出不同的變化呢？經過一番討論後，我們決定再激進一點，索性把整個動物世界搬過來，把福爾摩斯變成一隻擬人化的狗、華生就變成貓，其他還有兔子、熊、豹和熊貓等等。

於是，在余遠鍠老師的妙筆之下，一個又一個造型豐富多彩的福爾摩斯偵探故事，就這樣展現在眼前了。希望大家也喜歡吧。

厲河

大偵探福爾摩斯

密函失竊案

登場人物介紹

福爾摩斯

居於倫敦貝格街221號B。精於觀察分析，知識豐富，曾習拳術，是倫敦最著名的私家偵探。

華生

曾是軍醫，為人善良又樂於助人，是福爾摩斯查案的最佳拍檔。

李大猩＆狐格森

蘇格蘭場的孖寶警探，愛出風頭，但查案手法笨拙，常要福爾摩斯出手相助。

少年偵探隊

全是街童出身，有時會變身為街頭探子，為福爾摩斯收集情報。

貝林格爵士

高大威嚴的英國首相。

小兔子

扒手出身，少年偵探隊的隊長，最愛多管閒事，是福爾摩斯的好幫手。

霍普夫人

護夫心切的社交界名媛，高貴又漂亮。

特里勞尼・霍普

歐洲事務大臣，密函在其家中失竊。

埃德亞多・盧卡斯

遊走於各國政要之間的獨行間諜。

神秘的竊賊

夜闌人靜，一座氣派不凡的大宅聳立在倫敦高尚住宅區的懷特霍爾台，這是英國歐洲事務大臣**特里勞尼·霍普**的官邸。附近都是達官貴人的豪宅，保安特別嚴密，巡警也特別多，**鼠摸狗盜**都不敢到此作案，因為失手被擒的機會太大了。

不過，這個夜晚卻是例外。霍普官邸二樓睡房的窗戶毫無防備地敞開着，窗簾在微風下輕輕**搖晃**，

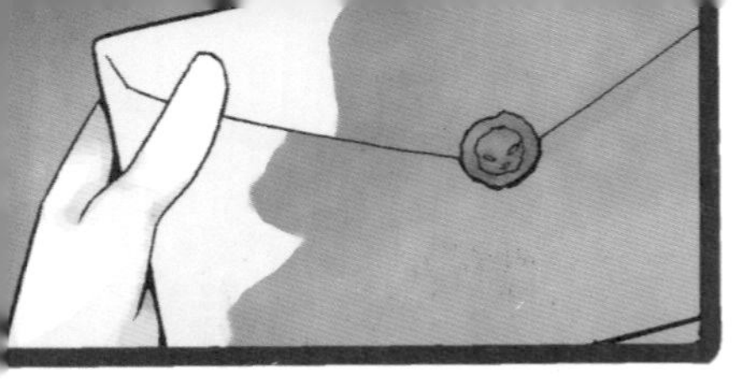

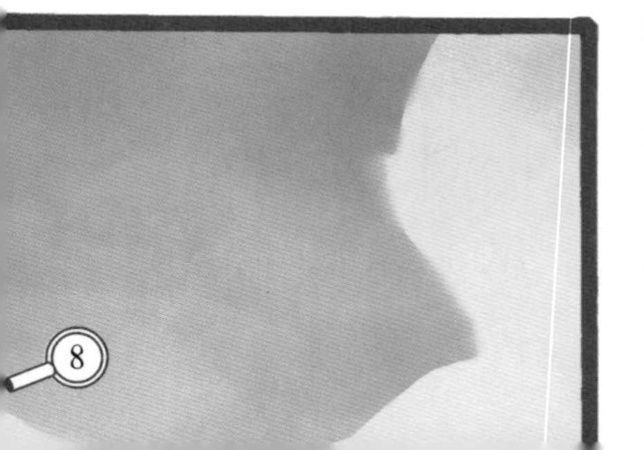

一個黑影悄悄地閃到梳妝檯旁邊，用鑰匙熟練地打開了梳妝檯上的一個木盒，把裏面的文件翻了翻，然後迅速取出其中一封信。黑影把信件湊到眼前，借用從窗戶透進來的街燈細閱信封上的字。

突然，窗外吹來了一陣強風，「呼」的一聲把窗簾吹得揚起，直往黑影撲去。那人赫然一驚，連忙把木盒重新鎖上，匆匆地把信件塞進口袋中，然後一個閃身從梳妝檯

退開，轉眼間，黑影已從窗前消失了。

不一刻，黑影在官邸花園外的鐵欄柵旁匆匆而過，並刻意避開巡警的巡邏路線，抄遠路經過橫街小巷，直往距離不遠的戈多爾芬街的一間大宅走去。

那人走到大宅前，回過頭來小心地四處張望，看見沒有人跟蹤和監視，才在大門上敲了幾下。屋裏的人好像早已在等着似的，很快就走來開門，就在大門打開的一剎那，黑影迅速從門縫中竄進屋內，生怕被經過的路人看見。

不過，**螳螂捕蟬黃雀在後**，那黑影的一舉一動其實已被躲在暗處的一個女人看得一清二楚。看來，這個女人一直在**監視**着這間大宅。她看着黑影閃進屋裏後，就狠狠地跨出大步，怒氣沖沖地往那間大宅走去。

次日早晨，福爾摩斯手上拿着一塊**檸檬皮**，坐在一枝點着了的蠟燭之前，呆呆地看着蠟燭上的那一撮火光，不知道正在想什麼。

華生走進來，好奇地問：「咦？福爾摩斯，你怎麼啦？又在搞**實驗**了？蠟燭有什麼好看啊。」

「華生，蠟燭當然沒什麼好看，但它與檸檬聯繫起來的話，就會好看多了。」福爾摩斯說。

「真的嗎？我倒沒有你這麼好想像力，只知道切幾片檸檬放在紅茶裏，可以很好喝。」

「哎呀，華生啊，你怎麼好像小兔子那樣，看見什麼都只會聯想到吃和喝呢，實在太沒出息了。」福爾摩斯煞有介事地歎了一口氣說。

「好了、好了，快來表演一下你對檸檬的想像力吧，否則我就會把你的檸檬拿來沏茶喝了。」華生半開玩笑地說。

福爾摩斯斜眼瞄了一下華生，故作神秘地說：「你看着別眨眼啊，美麗的檸檬之火只會一瞬即逝的啊。」

說着，他用食指和拇指輕輕地捏着檸檬皮的一頭一尾，放到蠟燭上的那撮火旁邊，然後用力地**一捏**。

突然，那撮火一晃，像放煙花般噴出了許多**火星**，非常漂亮。

「啊！」華生不禁驚歎。

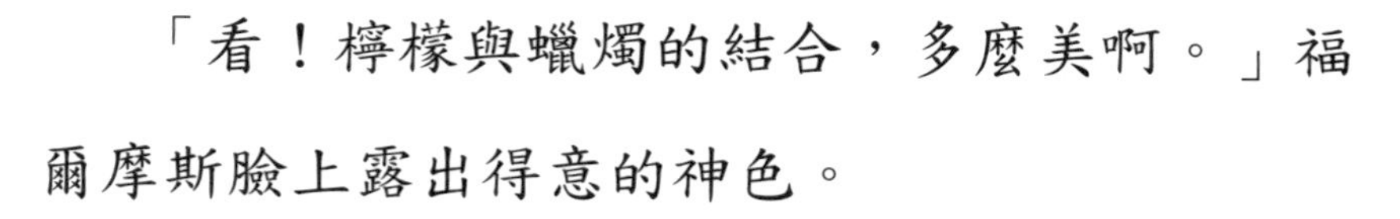

「看！檸檬與蠟燭的結合，多麼美啊。」福爾摩斯臉上露出得意的神色。

華生心裏雖然讚歎，但卻嘴硬：「哼，有什麼了不起，只是一個**小把戲**而已。」

「哈哈哈！說得對，這只是個小把戲，小把戲中卻隱含了**大道理**。」福爾摩斯誇張地說，「把兩種風馬牛不相及的東西結合起來，製造出這兩種東西單靠自己卻不能產生的現象，就是人類進步的根本啊，**鑽木取火**不就是這樣誕生的嗎？」

「明白了、明白了，我說不過你。你玩你的檸檬噴火，我喝我的檸檬茶。」華生沒好氣地說。

福爾摩斯沒有理會華生的反應，繼續說：「讓我考考你，如果**英國首相**與大偵探福爾摩斯扯上了關係，即是會發生什麼事情呢？」

「什麼？英國首相與你嗎？不可能吧。」華生難以置信。

「你沒有回答我的問題啊。」福爾摩斯裝出

不滿的表情，「算了，反正以你的想像力很難猜到，讓我揭曉吧。答案就是——**英國已有大案發生了！**」

★小知識★

檸檬皮的汁含有檸檬油，當中的成分包括檸檬烯（C10H16）。由於是油的關係，射向點着了的蠟燭就會燃燒，並引發出一點點的火花了。如果射出的汁液豐富，還會引發手指頭大小的火焰。所以，玩這個小魔術時，須有成人陪同才可進行，而旁觀者也不可站在檸檬油射出方向的對面，以免灼傷眼睛。另外，如果沒有檸檬皮，還可用橙皮代替。

首相到訪！

就在這時，門外傳來了有人登上樓梯的腳步聲。

福爾摩斯側耳細聽，然後對華生說：「聽得出來者有幾人嗎？」

華生毫不猶豫地答：「兩個人。」

「好耳力，確是兩個人。但聽得出他們的性格和職業嗎？」

「性格嘛……腳步聲很沉穩，兩個都應該是**沉實穩重**的人，年紀大概是中年以上吧。」華生

想了一想，「不過，不論你怎樣神機妙算，總也不能憑腳步聲猜出他們的職業吧？」

「為什麼不能？」福爾摩斯狡黠地一笑，「他們都是本國的高官，其中一位還可能是我們的首相呢。」

「什麼？不要開玩笑了。首相又怎會來我們這種地方。」華生覺得福爾摩斯這個玩笑開得太大了。

「不信，你去開門看看。」

福爾摩斯的話音剛落，門外就響起了「咚咚咚」幾下敲門聲。

華生連忙走去開門。他打開門一看，立即被嚇傻了眼，呆站在門口說不出話來。

眼前的不就是鼎鼎大名的英國首相**貝林格爵士**嗎？他身旁還有一個四十歲左右的紳士，

看來也是個高官。

「請問福爾摩斯先生在嗎？」貝林格爵士有禮地問道。

「他……他在裏面，請進來吧。」華生期期艾艾地答。

這時，福爾摩斯已站起來，他走到門前與貝林格爵士一邊握手一邊說：「歡迎首相大人大駕光臨，我已恭候多時了。」

貝林格爵士指一指身旁的紳士，向福爾摩斯和華生介紹說：「這位是霍普先生，我們的歐洲事務大臣。」

霍普神色凝重地與兩人握了一下手，但並沒有說話，他看來遇上了非常棘手的問題，顯得心事重重。

福爾摩斯招呼兩人坐下後，華生連忙跑去

倒茶，又手忙腳亂地收拾好給福爾摩斯搞得亂七八糟的茶几。第一次遇到這種大人物到訪，華生緊張得滿頭大汗。

福爾摩斯雖然平靜地坐在兩位大人物前面，不露半點緊張的神色，但他的食指卻輕輕地敲打着椅柄。顯然，對他來說，首相與大臣的**微服私訪**，絕對是一件值得興奮的事兒，因為他知道首相要不是遇到連警察也解決不了的問題，是絕對不會跑來找他的。

「到底他們遇到了什麼棘手的難題呢？」福爾摩斯內心興奮地等待着首相開口。

貝林格爵士喝了一口茶，冷靜卻又嚴肅地瞥了身旁的霍普一眼，說：「這次來府上拜訪，是想你幫忙查一宗失竊的案件，詳情就由霍普先生來說吧。」

霍普神經質地撫摸了一下唇上的鬍子，坐立不安似的說：「幾天前首相把一封**密函**交給了我，為了保險起見，我把它帶回家中，鎖在睡房的一個木製**公文箱**中。我今早起床打開公文箱一看，那封密函竟然不翼而飛，不知道跑到什麼地方去了。」

福爾摩斯以懷疑的眼神看着霍普，問：「這麼重要的東西，為何不鎖在辦公室的保險箱中，反而把它帶回家呢？」

「我們懷疑有**間諜**滲入了政府內部高層，那封密函放在辦公室裏更危險，是我叫霍普先生把它帶回家保管的。」貝林格爵士插嘴解釋。

「原來如此，看來政府內部真的有間諜監視着大家的一舉一動呢。否則，**竊賊**不可能跑到霍普先生家裏把密函偷走，他肯定事先知道密函的去向才會有此行動。」福爾摩斯分析。

「一定是外國間諜已安插了**線眼**在我們身邊活動。」霍普面露慍色。

「恕我有此一問，這麼重要的案件，為什麼不動員警察去查，卻跑來找我這個私家偵探呢？」福爾摩斯問。

首相和霍普不約而同地看了華生一眼，似有**難言之隱**。

福爾摩斯意會，於是說：「華生醫生是我查案的好夥伴，他會保密，你們不必擔心。」

貝林格爵士向霍普點了點頭，霍普於是說：「為了保密，此案不能讓警方去查。因為一牽動到警力，密函的內容遲早也會**泄漏**出去，這可能會引起**社會動亂**，我們必須盡力避免。」

「那封密函竟然有這麼大的威力嗎？究竟是

一封怎樣的密函？」福爾摩斯問。

貝林格爵士**眉頭一皺**，想了一想，然後避重就輕地說：「密函放在一個淺藍色的長方形信封裏，封口還打了個紅色蠟印，印上有一個獅子頭的圖案。地址和收信人的名字，都是用黑而大的手寫字寫的。」

福爾摩斯聽完後，不以為然地擦一擦鼻子說：「這些細節都挺有意思，對我們查案來說也非常重要，但我更想知道的是——這究竟是一封什麼信，**信上的內容是什麼**。」

「對不起，這是**國家機密**，我不能告訴你。況且，我想你也沒有必要知道，你只須把那封密函找出來就行了，其他事情最好不要管。反正……」貝林格爵士一頓，以政客獨有的傲慢補充，「反正國家會有豐厚的**賞賜**，包保你滿意。」

「哦，是嗎？」福爾摩斯說完，面帶微笑地緩緩站起。

華生看在眼裏，心中**暗叫不妙**，他知道我們的大偵探最不愛吃這一套。

果然，福爾摩斯施施然地走到門前，輕輕地拉開了大門，有禮地說：「我知道你們很忙碌，幹的都是**國家大事**。不過，我也有不少案件正要去調查。如果無法搞清楚自己是查什麼的話，我也**愛莫能助**了。非常抱歉，為免浪費大家寶貴的時間，請回吧。」

「你！怎可以……」霍普**霍地**彈起，正想發作之際，貝林格爵士卻大手一揚，截住了霍普的說話，也緩緩地站起來說：「明白了，打擾啦。我不習慣受到這種對待。」說完，就往敞

開的大門走去。霍普也怒氣沖沖地跟上。

「**請慢走。**」福爾摩斯說。

聽到這句看似客氣，卻其實又不客氣的說話，貝林格爵士不禁止步。他回過頭來盯着福爾摩斯，看來真的**動氣**了。不過，我們的大偵探卻沒有理會，反而退回廳中坐下，還慢條斯理地點燃煙斗，自顧自地抽起來。

華生雖然也不喜歡政客對人**頤指氣使**、高高在上的傲慢，但對福爾摩斯故意擺出一副愛理不理的態度也有點不滿，畢竟對方總算也是英國的首相大人呀！

貝林格爵士**咬一咬牙**，憤怒地猛然轉身步出大門，但邁出了一步又突然止住。從背影可見，他考慮了一下。不一刻，他緩緩地再轉過身來，把手上的**帽子**放下，又坐回剛才的椅子上去。

福爾摩斯半張着眼睛，把脖子稍稍側向右邊，好像在問：「怎麼了？」

貝林格爵士竭力地**壓住怒氣**，

他畢竟是個老練的**政治家**，並沒有發作，只是聳了聳肩，神態自若地說：「福爾摩斯先生，你有你的道理，我們既然委託你辦案，就該完全信任你。不過，你要保證不會泄漏密函的內容，因為這牽涉**國家機密**。」

福爾摩斯擱下煙斗，一臉正經地說：「不管是國家機密還是個人隱私，我們都從不**泄漏**委託人的秘密，因為這是我們的**專業**。」

「這就好了。」貝林格爵士滿意地點點頭，然後轉向仍呆立在門口的霍普，「你把信件內容告訴福爾摩斯先生吧。」

外國來的密函

原來，那封密函是出自鄰國一位君主的手筆，他對英國部分殖民地出現的一些狀況似乎感到頗為困擾，盛怒之下，就寄出了這麼一封密函。本來只是小事一樁，可是密函的用語極不客氣，當中還夾雜一些頗帶侮辱成分的詞語，要是信件給公開了，一定會刺激英國人民的民族情緒，迫使英國政府不得不強硬回應，軍中鷹派也會乘機發難，把國家推往開戰的深淵。

福爾摩斯聽完霍普的敘述後，在一張紙上寫了個名字，然後給首相看了看。

貝林格爵士點頭：「對，那個外國君主就

是他。不過他寄出密函後已非常後悔，並私下發來電報道歉，更想收回密函**銷毀**，因為他的內閣大臣並不知道此事。」

福爾摩斯把寫了君主名字的紙扔到火爐中，然後問：「公開這封密函對什麼人有利呢？誰要偷走它呢？」

「福爾摩斯先生，你對歐洲局勢略有認識的話，都知道整個歐洲可分為兩個**軍事聯盟**，現在它們旗鼓相當，就像一個兩邊平衡的天秤，左右兩邊都不敢輕舉妄動。英國則居於其中，控制着這個天秤，讓它不會傾側。」貝林格爵士說。

「啊，我明白了，公開這封密函可以迫使英國與其中一個聯盟**交惡**，另一方就會因此得勢，整個歐洲局勢就會不穩了。」福爾摩斯說。

「是的。到時，成千上萬無辜的民眾就會被捲入**戰禍**之中了。」

霍普聽到首相說到這裏，忽然單手掩面低下頭來，似乎**深感自責**。

「首相大人，要是密函公開了，你認為真的會爆發戰爭嗎？」福爾摩斯問道。

「可能性非常大。」貝林格爵士答。

福爾摩斯沉吟片刻，說：「為開戰做好準備吧。」

霍普赫然一驚，抬起頭來急切地問：「難道你也認為無法尋回密函嗎？」

「這要看你能夠提供多少線索，畢竟，密函是在你家中失去的。所以，你必須仔細地回憶密函失竊前後的經過。」

聽福爾摩斯這麼說，霍普只好把經過一五一十地說出來……

昨天晚上，我要出席一個**晚宴**，於**七時半**左右就離開家門出去了，出去前我還檢查過一下公文箱，當時密函還在箱子裏。內子在我出門後不久，也離家去看**話劇**。

後來，我們先後回家，於**十一時半**左右上床睡覺。今天早晨**七時**醒來，我打開公文箱一看，才發現密函不見了。

我和內子都睡得很淺，只要聽到一點聲音都會驚醒，公文箱又放在睡房的**梳妝檯**上，所以，可以肯定密函不是在我們睡覺時被偷走的。

如果要偷，就一定是我和內子不在家的那

四個小時內偷的。不過，我家僕人都是**老實可靠**的人，而且已伴我工作多年，我絕不相信他們會犯案。況且，有關密函的事，在失竊之前，我連內子也沒告知，僕人們根本不知道公文箱裏有這麼重要的東西。

不過，昨晚外出之時，為了通風，我打開了睡房的**窗戶**，我懷疑是否有人從樓下沿水渠攀進房裏，把密函偷走了。

福爾摩斯聽完霍普的敘述後，問道：「你的官邸有**花園**嗎？」

「有，但有重重的**圍欄**圍住，圍欄外又常有巡警巡邏，要攀進官邸並不容易。」

「既然這樣，能攀進官邸

的一定是懂得飛簷走壁的高手了。否則，就是內鬼犯案，但你又否定了這個可能性，確實是一宗棘手的案件。」福爾摩斯說。

「你沒有信心把密函找回來嗎？」貝林格爵士擔心地問。

「這不是信心的問題，而是時間問題。因為，正如霍普先生估計那樣，密函很可能是在昨晚七時半至十一時半那四個小時之間被竊的。就是說，現在距離失竊時間已相差十多個小時，賊人一定早已把密函交給了想把它弄到手的主腦手上。我們現在才去追蹤它的下落，已經太遲了。」福爾摩斯分析。

「原來已太遲了……」霍普垂頭喪氣地自言自語。

「但仍不是放棄的時候，我心目中有幾個**疑犯**，他們都是這行的**老手**，專門靠出賣情報來賺錢，如果他們還在倫敦，就有機會截住密函流出國外了。」福爾摩斯說。

「既然這樣，就拜託你了。」貝林格爵士說着，就站起來辭別，「我們還有其他事情要辦。你這邊有什麼進展，請馬上通知我們。我們有什麼**頭緒**，也會儘快知會你的。」

霍普也連忙站起來，跟在首相後面匆匆離去了。

華生送走首相和霍普大臣後，連忙向福爾摩斯問道：「你說心中有幾個疑犯，究竟是什麼人？」

「他們都是在歐洲各國之間鑽營的獨行間諜，沒有政治立場，只認錢不認人，誰付得起錢，就會把情報賣給誰。所以，只要密函還未流出英國，我們可以叫首相出錢把它買回來。不過，這幾個間諜首選的買家一定不是英國政府，因為自認擁有那封密函，就等於承認偷竊國家機密，被捕的風險太大了。」

「那麼，你下一步會怎樣？」華生問。

「找出那幾個人，一個叫奧伯斯坦；

一個叫**拉羅西爾**；另一個叫**盧卡斯**。

我知道他們出沒的地方，我會逐個去找。如果他們其中一人已經在昨晚起程出國，那就完了。」福爾摩斯說完，起身就走。

「你說其中一個叫盧卡斯嗎？」華生不經意地問道。

「是，我現在先去找他，我知道他的家在哪裏。」

「是不是那個住在**戈多爾芬街**的埃德亞多·盧卡斯？」華生問。

正要步出門口的福爾摩斯轉過頭來，詫異地問：「你怎麼知道的？**難道你也認識他？**」

「你不必去找他了。」

「為什麼？」

「你不會看見他的。」

「你怎知道？」

「因為他死了。」

在查案過程中，通常只會福爾摩斯讓華生感到驚訝，這次是少有的例外，福爾摩斯站在門口瞪大了眼睛，露出**不可置信**的表情。華生心中**暗自得意**，因為這次他終於可以令老搭檔大吃一驚了。

華生模仿福爾摩斯半開着眼睛，擺出一副

愛理不理的樣子，慢條斯理地把早報遞過去：

「他昨天晚上被殺，早報上都報道了。」

福爾摩斯連忙搶過報紙一看，果然，報上刊出了詳細經過。

（本報訊）昨晚於戈多爾芬街16號發生離奇命案，一名巡警於昨晚11時45分經過該處時，看見大門敞開，敲門又沒有人應門，於是進內查看，發現活躍於上流社會及社交界的名人埃德亞多·盧卡斯先生死於家中。

經警方初步驗屍斷定，現年34歲的死者是死於被殺。兇器是一柄原本掛於牆上當作裝飾品的印度匕首。它正好刺中死者的心臟，故相

信他遇刺後立即死亡。

據盧卡斯先生的管家普林格爾太太說，家中的貴重物品並未失去，故警方估計，兇案動機看來與入屋行劫無關。死者遇害時，普林格爾太太已就寢，由於其睡房在頂樓，加上她的耳朵不太靈光，故並未聽到任何爭吵的聲音。

盧卡斯先生家中還有一位叫米頓的男僕，昨天黃昏他外出訪友，據稱兇案發生時並不在家中。

據警方描述，死者倒卧於客廳的地氈上，一張椅子倒在他身旁，其右手被壓在椅腳下面，而廳中凌亂不堪，家具擺設散於一地，看來死者在死前曾與兇手激烈搏鬥，為案件增添了神秘的色彩。

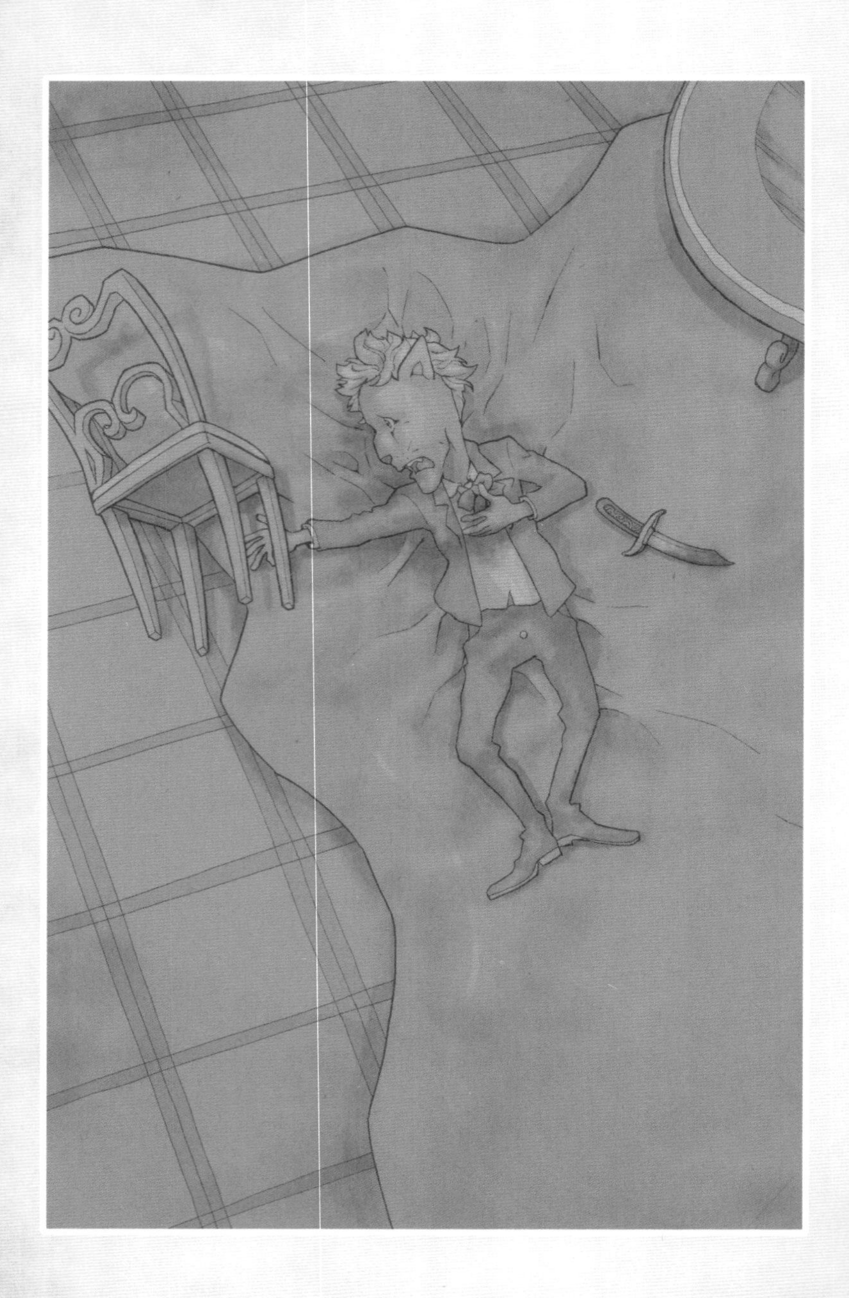

福爾摩斯看完報紙後，回到客廳中的沙發上坐下來，沉思良久後問：「華生，你對此案有什麼看法？」

「死了一個偷信疑犯，你可省去三分一的調查時間，只須集中精力調查餘下的另外兩人就夠了，也算是一件好事吧。」華生答得輕鬆。

「你的邏輯實在簡單得叫人不敢恭維。正好相反，我們已不必再去調查另外兩人，只須集中精力去調查死者才對！」

「此話怎講？」

「難道你以為兩者是偶然的嗎？昨夜密函失竊後不久，偷竊嫌疑者之一的盧卡斯就被殺了，怎可能這麼巧合？而且，霍普大臣的官邸與死者的家只有數分鐘的步行距離，更增加了兩者相關的可能性。本來，這個距離只是小事

一樁，但兩件案幾乎在同一段時間內發生，兩個案發現場之間的**距離**就變得非常重要了。因此，我相信密函是他本人或者他的同謀偷走的。他的死必與密函失竊有關，**只要找出當中的關係，此案必破。**」福爾摩斯說。

「啊！那麼，我們就可以找回失去的密函了？」華生興奮地問。

「那倒未必，殺死盧卡斯的兇手可能奪去密函，現在已逃往**國外**了。」

說到這裏，門外傳來了一陣「噠噠噠」的腳步聲。很明顯，又是我們的小兔子奔上樓梯來了。果然，「砰」的一聲推門進來的正是小兔子，他故作神秘地遞上一張名片，並湊到我們大偵探的耳邊輕聲說：「福爾摩斯先生，有一位**美女**來找你。」

看到名片上的名字，福爾摩斯突然眼前一亮，說：「小兔子，馬上請霍普夫人上來。」華生聞言嚇了一跳，怎麼連**大臣夫人**也找上門來了？

大臣夫人來訪

不一刻，小兔子領着霍普夫人踏進客廳，她還未坐下就問：「福爾摩斯先生，外子和首相剛來過吧？」

「是的，他們剛來過這裏。」福爾摩斯認得這位夫人，她是活躍於**社交界**的名人，報紙常刊登她的照片。

「我是在外子不知情下來探訪你的，請你千萬要**保密**，不要告訴他。」夫人優雅地步進客廳的中央，極力裝作平靜地要求。

福爾摩斯欠了欠身，示意夫人坐

下，然後說：「我的處境比較尷尬，霍普先生是我的顧客，我必須以保障顧客的利益為先，所以不能隨便答允你的要求。」

這位漂亮的夫人可能不習慣被人拒絕，她看來有點激動，抿一抿那纖薄美麗的紅唇，巡視了客廳一圈，以對抗的姿態故意無視福爾摩斯示意的那張沙發，逕自走到窗前，坐到背窗的另一張沙發上去。她對華生和小兔子也視

若無睹，只是直盯着福爾摩斯，**單刀直入**地問道：「失去的那封是什麼信？請告訴我。」

「很抱歉，不能告訴你。」

「為什麼？」

「我必須為顧客保守秘密。」

「但我是他的妻子。」

「這與我無關。」

「難道妻子不該為丈夫分憂嗎？」

「應該，不過你該直接問他，不是問我。」

「我不會對自己丈夫不利，請告訴我。」

「嘿嘿嘿……」我們的大偵探微笑不語，只是搖了搖頭，無言地拒絕了。

夫人眼見**強攻不下**，一直繃緊着的身體忽然像崩塌了似的軟下來，然後以微弱的聲音喃語：「…他肯告訴我的話，我就不用來這裏了。」

「很抱歉，我實在無能為力。」福爾摩斯**聳聳肩**。

夫人忽然想到什麼似的，抬起頭來問：「如果不能找回那封信，外子的**政治生涯**是否會受到重大影響？」

「可能吧。」福爾摩斯不置可否。

華生實在不忍看到夫人如此擔心，於是插嘴**安慰**：「福爾摩斯先生會盡全力調查的，你不必過慮。」

小兔子也學着成人的口吻：「**對對對！**夫人你不要擔心。」

福爾摩斯狠狠地**瞪**了小兔子一眼，嚇得他吐吐舌頭，不敢再張聲了。

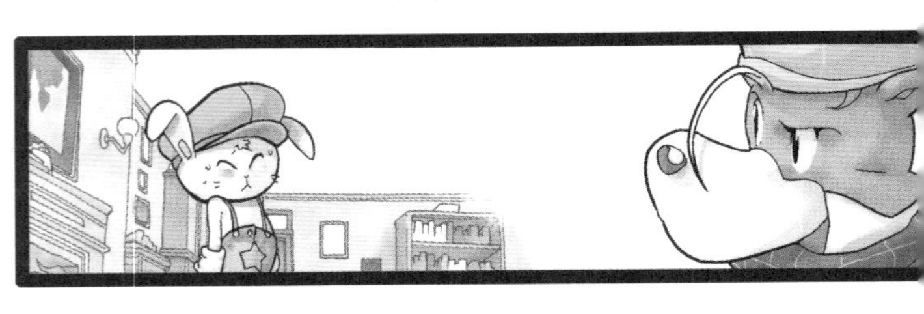

夫人仍不放棄，說：「外子說那封信牽涉了重大的**政治事件**，如果把它的內容公開，後果非常嚴重。」她說話時，不斷**把弄**戴着白手套的雙手，一時用力地互相緊握，一時又無力地鬆開來。

「是嗎？如果霍普先生這樣說了，應該錯不了吧。」福爾摩斯依然**不置可否**。

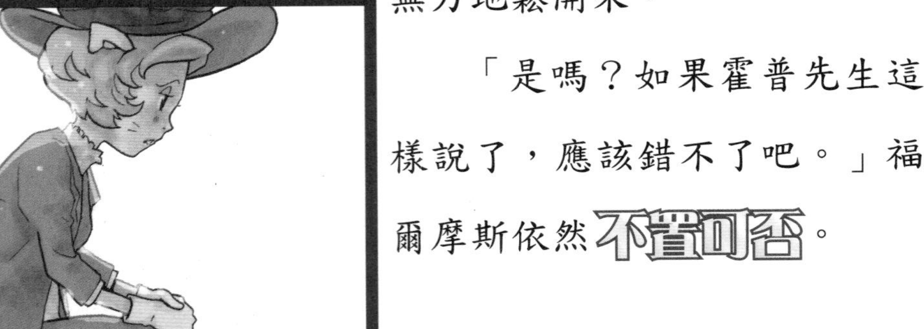

華生知道，不管夫人怎樣**試探**，福爾摩斯都不會說出肯定的答案，夫人這種誘導性的說話，對我們的大偵探是毫無作用的。

霍普夫人自覺**無計可施**，她歎了一口氣，站起來說：「看來我再問下去也不會有什麼結果，你不肯說也沒關係。不過，請不要把我來訪的事說出去。」

「請放心，霍普先生不問，我絕不會說。」

福爾摩斯叫小兔子送走了夫人後，他笑問華生：「你最了解**美女**的心態，你認為這位大臣夫人搞的是什麼花樣？她來訪的**動機**又是什麼？」

「不要乘機**挖苦**我了。我認為她來訪沒有什麼動機，只是想為丈夫分憂罷了，這是人之常情。」

「看來沒有那麼簡單。」福爾摩斯想了一下說，「她這種出身和地位的女子，一般來說都不會輕易表露內心的情緒。不過，她剛才除了擔憂外，明顯也非常緊張，只是強行裝作鎮靜而已。這可從她不斷把弄雙手看得出來。」

「聽你這麼說，回想起來，她確實是緊張得有點過分了。」

「還有，她故意走到窗前的沙發坐下，也有特別用意。」福爾摩斯說。

「特別用意？此話怎講？」華生不明白。

「她挑選坐在那兒，是想掩飾自己內心的動搖，因為那個位置背光，我們難以看清楚她表情上的微妙變化。」

「啊，原來如此。」華生這才恍然大悟。

「心中有鬼的人，才會這麼小心地掩飾。」

「心中有鬼？那是什麼？」華生問。

「不知道。女人的行為，往往會超出我們男人的想像力。」福爾摩斯說。

「對了，現在我們怎麼辦？去兇案現場搜證嗎？」華生問。

「不，此案不同別的，首相既然不想警方插手，**我們的調查也不可以高調進行**。萬一引起警方懷疑，看穿了我們另有目的就不妙了。」福爾摩斯說。

「連兇案現場也不能去，哪還有什麼可做

啊？」華生感到**束手無策**。

「不去現場，也可以去警察朋友們聚集的**酒吧**打聽一下，看看他們有什麼線索。這樣的話，他們只會以為我好奇，就不會引起懷疑了。」說完，福爾摩斯就急急開門出去了。

意外的發展

福爾摩斯晚上回來，說此案由我們熟悉的李大猩和狐格森負責，他們認定死者的男僕米頓嫌疑最大，於是在沒有任何證據下就把他拘捕了。

不過，李大猩他們在兇案現場和疑兇身上都找不到什麼線索，當然更找不到他們並不知情的那封密函了。此外，現場只有打鬥過的痕跡，但值錢的東西都完好無缺，收藏文書的

地方也沒有被**搜掠**過，警方對兇手行兇的動機完全摸不着頭腦。

然而，福爾摩斯也非全無收穫，從警方的調查中，除了證實死者盧卡斯熱衷於政治，與歐洲多國的政要也有聯繫外，也知道他好女色，身旁的女友如**穿花蝴蝶**，非常濫交，盡顯花花公子的本色。

李大猩他們對男僕米頓的指控，很快就崩潰了，因為在兇案發生時，米頓有非常確實的不在現場證據。當天晚上，他去了探朋友，有好幾個**證人**可以證

明這一點。而且，據女管家說，米頓深得主人盧卡斯的**信任**，最近盧卡斯出差巴黎三個月，也是由米頓負責看管**戈多爾芬街**的房子，完全沒有異樣。所以，李大猩只好把他釋放了。

福爾摩斯也私下查了米頓一下，發覺他的出身平凡，沒有任何與間諜沾上關係的**背景**，所以也確信兇手並不是他，而密函自然也不可能是他偷的。

兇案的調查就此**膠着**，不論警方和福爾摩斯都毫無進展。不過，到了第四天，案情卻有了意想不到的發展！

「福爾摩斯！」華生拿着早報興奮地從樓下跑上來。

福爾摩斯放下擱在肩上的小提琴，不滿地說：「怎麼你變成小兔子了，太吵大嚷的。」

「哎呀！首相大人的委託還沒有搞定，你還有心情拉小提琴。」這次輪到華生不滿了。

「華生，你有所不知了。拉小提琴可以讓自己的腦袋冷靜下來，對思考複雜的案情最有幫助啊。」

「我說還是看報紙較有幫助，不信你看！」華生把早報遞過去，「殺死盧卡斯的兇手已被巴黎警方拘捕了！」

「什麼？兇手是什麼人？」福爾摩斯大驚，連忙搶過報紙。

華生暗笑，在這宗案件中，他已是第二次憑先看到的報紙資訊，讓自己的老搭檔震驚了。

報紙的報道很詳盡，原來兇手是福內伊夫人，居於巴黎，她近日瘋瘋癲癲的，幾天來都穿着一件染了血跡的衣服也不更換，這引起了鄰居的注意。警方接報後調查，發覺她於數天前去過倫敦探訪丈夫，而她的丈夫不是別人，竟然就是死者盧卡斯。不過，盧卡斯在巴黎名叫亨利．福內伊，以一個虛構的身份在當地生活。警方通過照片已確認了這個事實。福內伊夫人對於自己行兇一事直認不諱，但她不肯說出殺夫的原因，至今動機成謎。

「密函會不會是福內伊夫人偷的呢？」華生問。

「不，我看她與密函的失竊無關。」

「為什麼？」

「如果密函是她偷的，她一定會盡量掩飾，還怎會穿着染血的衣服瘋瘋癲癲地到處走。」福爾摩斯分析。

「那麼，她的行兇動機又是？」

「如果與政治和金錢無關，就極可能是情殺！」

「情殺？」華生頗感意外。

「對，盧卡斯在倫敦以風流成性出名，福

內伊夫人一定發現了他的**雙重身份**，於是走來大興問罪之師，一時衝動之下，就取下牆上掛着的**匕首**，錯手把她的丈夫殺了。」

「原來如此。不過此案膠着了幾天，總算知道了誰是**殺人兇手**和死者為何被殺，可說是跨前了一大步呢。」華生說。

「不，拘捕了兇手也沒用，我們調查此案的目的不是為了擒兇，而是為了找回密函，現在仍不知密函去向，此案對我們來說，簡直就是連**寸進**也談不上啊。」福爾摩斯說。

「那怎麼辦？兇手既然與密函失竊無關，首相大人那邊也沒有其他消息可供追查，各國政府也沒有異動，我們豈非已走進了死胡同？」華生擔心地說。

「**不，沒有消息就是最好的消息。**」福爾摩斯說得好玄妙。

「啊？此話怎講？」華生完全迷失了。

「這幾天來都沒有消息和異動，就證明那封密函並沒有落入其他人手中，極有可能還**收藏**在只有死者才知道的地方裏！」

「啊！」華生大感意外。

「現在不得不去**兇案現場**調查了。」福爾摩斯丟下報紙站起來，一手抓起擱在牆邊的小提琴說，「我們走！」

兇案現場的血跡

福爾摩斯和華生兩人在門前叫了輛二人馬車，急匆匆地鑽到車上去。

華生看着福爾摩斯手上的**小提琴**，問：「我們不是去兇案現場嗎？你怎麼把小提琴也帶去？」

「小提琴除了可以用來拉之外，還是個很好的**掩飾工具**，到時你就知道怎樣用。」福爾摩斯別有意味地一笑。

馬車去到死者盧卡斯位於**戈多爾芬街**的大宅附近時，福爾摩斯連忙叫停。

「怎麼了？還未到死者家的門前啊。」華生覺得奇怪。

「我不是說過嗎？調查此案必須**低調行事**，堂而皇之地出現在兇案現場，一定會引起懷疑。」福爾摩斯邊說邊下車。

「那怎麼辦？總不能偷偷跑進去呀。」華生跟着也下車了。

「等待機會。」說着，福爾摩斯把華生拉到死者大宅對面馬路的**轉角處**等候。從他們的位置望去，可看到一個**胖警察**百

無聊賴地站在那大宅門前**打呵欠**，看來是警方派來的守衛。

很幸運，他們只是等了幾分鐘，就看到狐格森和李大猩從大宅走出來了。福爾摩斯見**機不可失**，連忙拉着華生從轉角步出，故意走進李大猩他們的**視線範圍**，但又假裝看不見他們。

一如預料，李大猩發現了福爾

摩斯和華生，並在對面馬路高聲喊：「**嗨！**福爾摩斯先生！怎麼這麼巧，在這兒碰到你們。」

「啊，還以為是誰，原來是你們。」福爾摩斯假裝有點意外似的，與華生一起橫過**馬路**，往我們的蘇格蘭場孖寶走去。

「你們上哪兒去？」狐格森問。

「啊，沒什麼。有個朋友在家裏要開個小提琴演奏**交流會**，我去切磋一下。」福爾摩斯拍一拍手上的小提琴盒子，笑着說。

華生也連忙陪笑，心中想：「原來小提琴是這樣用的，福爾摩斯這傢伙實在想得周到。」

狐格森和李大猩在「乞丐與紳士」一案中也見識過福爾摩斯的小提琴絕技*，對他的說話自然信以為真。

「啊，切磋小提琴的演奏技巧嗎？上流社會的閒人也真多呢。我們卻忙得要命，幾乎連喘氣的時間也沒有啊。」李大猩語帶譏諷地說。

「是嗎？難道遇上什麼大案了？」福爾摩斯明知故問。

狐格森指一指身後的大宅說：「你沒聽過盧卡斯被殺案嗎？他住的地方就是這裏呀。」

「啊！那案件嗎？當然聽過，據說他死在家中，原來兇案現場就是這裏。」福爾摩斯裝模

*請看第六集「乞丐與紳士」

作樣地說，然後用手肘輕輕地**撞**了華生一下。

華生意會，知道福爾摩斯是叫他開口說話，因為一個人說得太多，就會引起**疑心**甚重的李大猩的猜疑了。

「今天早報不是說兇手已被巴黎警方拘捕了嗎？此案不已完了？」華生問。

「你說得對，所以我們來收拾一下，然後就吩咐手下**清理現場**，這樣就可以放心銷案了。」狐格森說。

「那要恭喜你們啦，大案告一段落，你們就可以**休息**了。」福爾摩斯打趣說。

「不過，我們剛才卻發現了一件奇怪的事。」狐格森說。

福爾摩斯正想追問，李大猩已開口了：「沒有什麼大不了，只是發現地板上的血跡轉移了位置。」

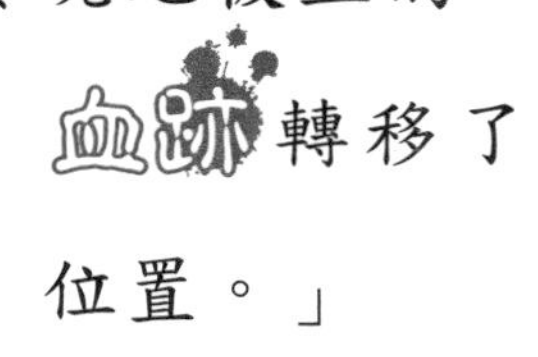

「啊？有這麼奇怪的事嗎？不可能吧。」福爾摩斯裝作不可置信的表情說。其實，他心裏驚喜莫名，因為這可能是破案的重要線索。

「你不信？要不要看看？」李大猩最討厭人家質疑他的說話。

「這個嘛……」福爾摩斯故意看看懷錶，

「我們可能會遲到了。」說着，又用**手肘**碰了碰華生。

華生意會，連忙說：「不不不，還有時間，不如進去看看嘛。」

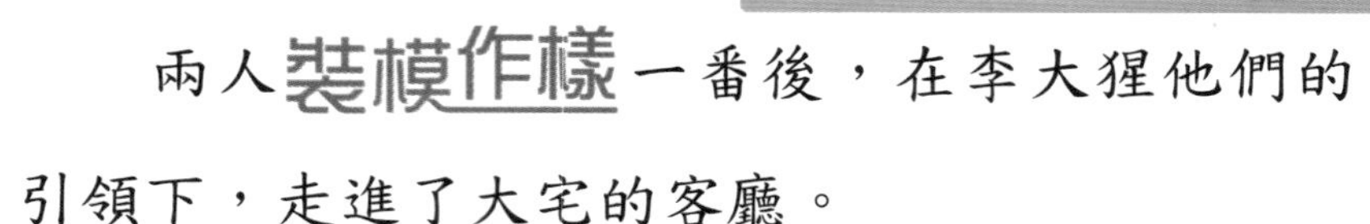

兩人**裝模作樣**一番後，在李大猩他們的引領下，走進了大宅的客廳。

「看！」李大猩指着地氈上一角的血跡說，「就是這灘血跡了。」福爾摩斯和華生看了一看，那灘血跡已接近**發黑**，看來盧卡斯就是倒在這個位置上死去的。

說着，李大猩又蹲了下來，把染了血跡的那一角**地氈**翻開，說：「你們再看。」

「啊！」福爾摩斯和華生都感到詫異。

只見地氈下面的木地板**一塵不染**，沒有染上一點血污。但地氈的背面卻已滲滿了血跡，**血怎會沒滲到地板上去呢？**

這時，狐格森已站在地氈的另一角，他蹲下來說：「你們看看這裏。」說着，他把面前

的地氈一角翻開。

福爾摩斯和華生赫然一驚，乾淨的地氈下面，竟然留下了一大灘已**凝固**的血跡。

「唔……」福爾摩斯沉吟半晌，「血跡不會自己移位，一定是有人**移動**過地氈了。」

「我們也這樣想。但是，這裏全日24小時都有警察**看守**，不可能有人走進來移動地氈啊。」李大猩說。

「對。」狐格森說着，裝出一副陰森恐怖的

表情，「是鬼！一定是死者陰魂不散，走出來搞鬼！」

華生被嚇得不期然地退後了兩步，不過他並非怕鬼，只是被狐格森那副可怕的表情嚇着了。

福爾摩斯沒理會**裝神扮鬼**的狐格森，他問道：「你們估計地氈是什麼時候被移動的呢？」

「昨天晚上吧。」李大猩答道，「我昨晚九時左右來過這裏，當時地氈的位置並沒有動過。」

福爾摩斯記起門外站着的警察，於是問：「在這裏當值的警察，就是門外那位嗎？」

「是的，12個小時換一次班，現在還

未夠時間換班，昨晚通宵值班的就是他。」

福爾摩斯一笑，說：「問他吧，他一定知道誰來過。只要一口咬定他放人進來，他就不敢不招認了。」

「好！我把他帶進來問個清楚。」李大猩怒氣沖沖地要走出去。

「且慢。」福爾摩斯連忙阻止，「有我們外人在場，他不好意思招認。你們兩位最好在外面問他，一人一句地夾攻，相信很容易就把他攻下來。」

「有道理。」說完，李大猩和狐格森就出去了。

「**華生！快！我們合力把地氈移開。**」福爾摩斯命令。

華生雖然不明所以，但情急之下只好照着去做。兩人合力移開地氈後，福爾摩斯馬上趴到地板上，快速地一邊**敲打**地板，一邊檢視每塊地板的邊緣。

「**咚咚咚**」其中一塊地板發出中空的回

響，福爾摩斯連忙把地板揭開，只見下面有一個**暗格**，可是裏面已空空如也，什麼也沒有。

　　這時，兩人聽到大門關上的聲音，知道李大猩他們回來了，於是連忙把地氈蓋回原位，若無其事地等着。

　　李大猩兩人把門口的那個**胖警察**拉進來，並大聲喝道：「把剛才的事情再說一遍，否則不會饒你！」

「是的、是的。」胖警察戰戰兢兢地說出經過……

昨晚十時左右，我看見一個婦人經過大宅門前，她走近時有點步履不穩，好像搖搖欲墜似的。果然，她在我面前經過，蹣跚地往前多走了幾步後，整個人就無力地靠在鐵欄柵上不停喘氣。

我連忙趨前問：「你怎麼了？」

那婦人喘着氣說：「我……我有點頭暈，可以……扶我進屋裏……休息一下嗎？」說着，就整個人倒在我的懷裏了。

我見那婦人衣着光鮮又高貴，看來是個有身份的人，於是把她攙扶到屋裏去，讓她在客廳的沙發上坐下來休息。

但她還未坐穩，一看到了地氈上的血跡，

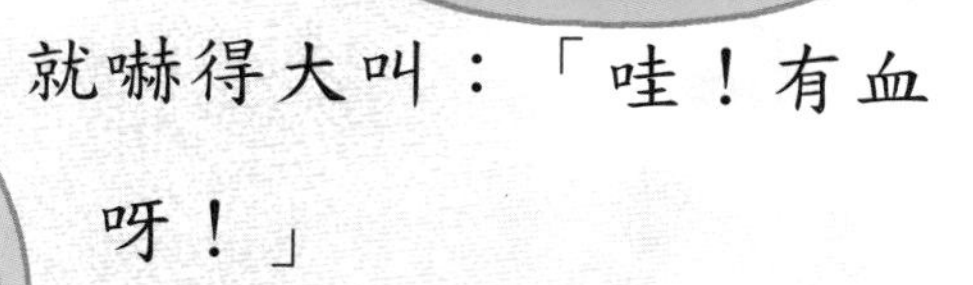

就嚇得大叫：「哇！有血呀！」

說着，已被嚇得昏倒在地氈上了。我見勢頭不對，馬上跑去鄰家倒了一杯白蘭地來，好讓她喝下定驚。

可是，當我拿着白蘭地步進客廳一看，本來倒在地上的貴婦人卻不見了。當時，我雖然嚇了一跳，但細心一想，她一定是很快就醒過來，害怕呆在一間凶宅裏，於是一聲不響地走了。

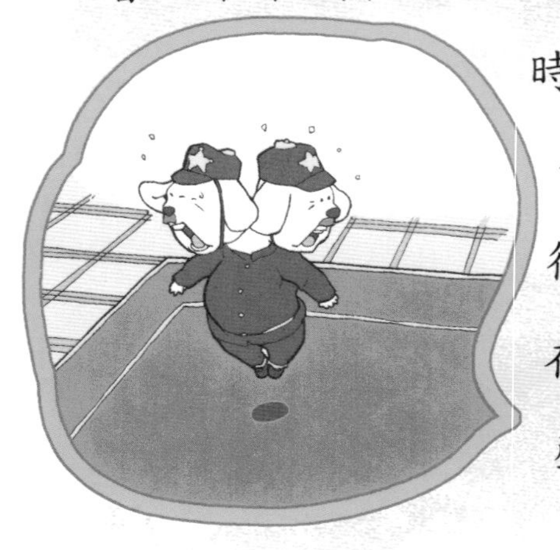

福爾摩斯聽完胖警察的憶述後，向地上指一指，問道：「那麼，這地氈有沒有被動過？」

「地氈並不齊整，一定是她倒在地上時弄皺的。」胖警察說。

「哼！是你把皺了地氈再鋪平的吧？」李大猩厲聲**斥責**，「你以為這樣就可以瞞過我的眼睛嗎？」

「是我不對，我不該放人進來。」胖警察連忙**認錯**。

「你明白就好了。我們剛才點算過，幸好客廳裏的東西都完好無缺，這次就不追究你吧。」狐格森**打圓場**，他最喜歡在這種時候扮演這種老好人的角色。

「還不滾回去站崗！」李大猩喝道。

「是！遵命！」胖警察嚇得連忙奔出客廳。

「好了，血跡移位的怪事查明了，我們也該走了，不然，就真的要遲到了。」福爾摩斯說着，拍了一拍手上的小提琴。

「呀，是的，差點忘記了時間。」華生附和。

兩人與蘇格蘭場孖寶道別後，走出了大宅的門口，福爾摩斯從口袋中取出一張照片，給站在門口的胖警察看了一看，但馬上又收回口袋裏，問道：「是這個婦人嗎？」

胖警察瞪大了眼睛，吃驚地說：「啊，就是她，你怎會知道的？」

「噓！不想捱罵的話，就不要張揚啊。」福爾摩斯把食指放到唇邊，向胖警察打了個眼色，然後一個轉身，自顧自地邁開大步就往前走。

華生見狀，也連忙跟着離去，只留下那個一臉茫然的胖警察。

幕後的「黑手」

待走遠了，華生問：「剛才那張照片是？」

福爾摩斯神秘地一笑，掏出**照片**在華生眼前揚了一揚。他的手勢太快了，華生看不到照片中人，想去搶時，福爾摩斯已把照片收回口袋中。

「哈哈哈！太好玩了！」福爾摩斯興奮得**手舞足蹈**，「那個寄出密函的外國君主不會因為魯莽行徑而受到懲罰；我們的首相也會大鬆一口氣；霍普先生亦不會因為失去密函而**烏紗不保**；最重要的是我們不必與別國開戰，避過一場**生靈塗炭**的災難。案件已到尾聲，最後

一幕**高潮戲**卻即將上演！」

華生問：「高潮戲？什麼意思？」

「當然是去取回密函！」

「什麼？」華生頗為驚訝，「你已知道密函的所在？」

「就在不遠處，往前走幾分鐘就到。」

「不要**賣關子**嘛，快告訴我！」華生心急地追問。

「哈哈哈，別急，很快就知道了。」福爾摩斯笑道。

華生拚命追問，福爾摩斯就是不答，兩人你一言我一語，不一刻已走到一所大宅前面。

華生抬頭往門前的**名牌**看去，赫然一驚：「難道是……」

「**哈哈哈！你猜對了，就是這裏！**」

原來，他們已來到了懷特霍爾台，正站在霍普大臣的官邸前面。

兩人敲門入內，道明來意後，僕人領他們到客廳等候。過了一會兒，高貴美麗的霍普夫人走進來，她支開僕人後，**竭力壓抑**着心中的怒火，冷冷地說：「你們來這裏幹什麼？我們不是約好了，要為我去府上拜訪的事**保密**嗎？」

「請恕我不能遵守承諾，**為了破案，我已別無他法。**」福爾摩斯攤開雙手，故作無奈地說。

「為了破案？」夫人先是一愕，卻馬上又冷靜下來，

「為了破案，就算找我也沒有用呀！」

「把密函交出來吧。」福爾摩斯說得異常平靜，但這句話卻像一把**利刃**般，直刺霍普夫人的**要害**。

夫人美麗的雙頰變得**涌紅**，她厲聲道：「你侮辱我！我怎會有那封密函！」

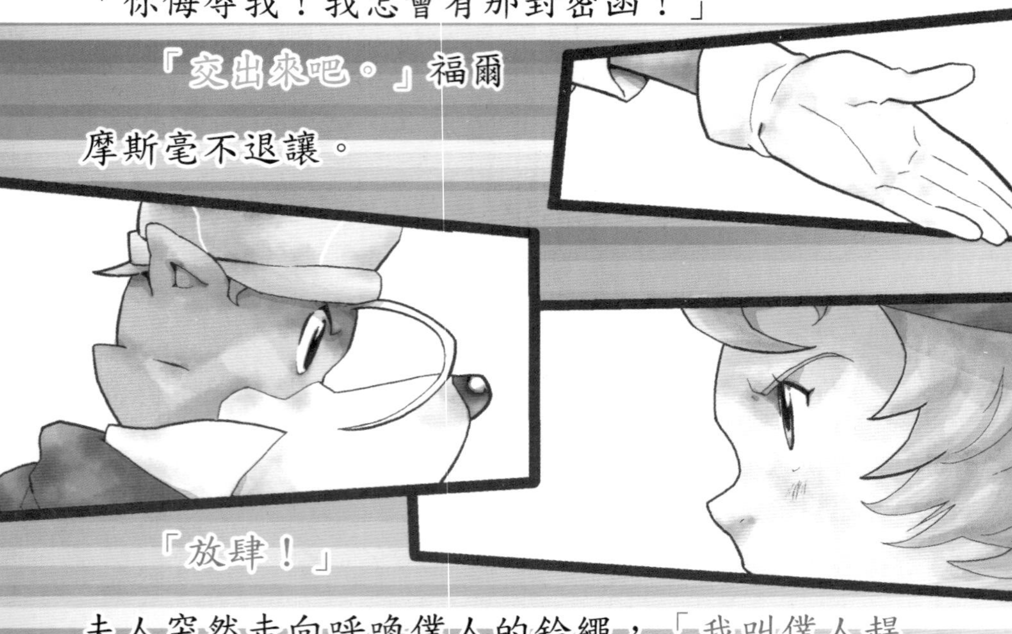

「交出來吧。」福爾摩斯毫不退讓。

「放肆！」

夫人突然走向呼喚僕人的鈴繩，「我叫僕人趕你們出去。」

「想毀掉自己，就拉響鈴繩吧。」

「恐嚇我嗎？」

「不，是勸戒。」

夫人的手已握着鈴繩，但她沒有拉動，只是以充滿疑惑的目光凝視着福爾摩斯，彷彿要看穿看透他的靈魂。

兩人互相對峙，空氣彷彿凝固了，雖然只是短短的幾秒鐘，但對華生來說，卻像窒息了整整一分鐘。

夫人原本緊握鈴繩的手微微地鬆了一下，福爾摩斯看在眼裏，他知道對方已動搖了。

「夫人，我們坐下來談吧。」福爾摩斯說。

「不必坐了，就站着談吧。五分鐘，你只有五分鐘時間。」夫人口氣仍硬，但華生感到她內心那堵堅固的堤壩已裂出了一道縫隙，隨時都會崩潰。

「一分鐘，
一分鐘就夠了。」

「你昨天晚上騙過守衛警察，走進盧卡斯的屋內，並從地氈下面的暗格中偷走了密函。」

大偵探的語調異常平淡，就像閒話家常似的，但他說的每一句話，在夫人的耳中，都是一記重擊！

「你瘋了！簡直就是胡說八道！」

福爾摩斯從口袋中掏出照片，放在夫人眼前：「那位胖警察已認出來了。」

華生也看到了，他這才知道，照片中人原來就是眼前的霍普夫人！昨晚闖入兇案現場的就是她！

夫人臉上的憤怒漸漸褪去，一抹灰白浮現，不一刻，整個臉容已變成慘白，但她仍強作鎮靜，深深地吸了一口氣說：「我不會被你騙倒的。」

「真可惜，我其實只想**物歸原主**，把密函還給霍普先生，讓事情有個完美的結局。看來，我的努力已白費了。」福爾摩斯說完，出其不意地走向鈴繩，伸手一拉。

「鈴鈴鈴鈴！」

清脆的鈴聲震動了凝固的空氣，也把夫人內心最後的防線**震碎**了，她發愣地站着，兩眼露出茫然的神色。這時，僕人走了進來。

福爾摩斯問道：「霍普先生什麼時候回家？」

「**他馬上就要回來了。**」僕人說。

「很好，我就等他吧。」說着，福爾摩斯誓要賴死不走似的，一屁股坐在沙發上，又瞥了夫人一眼。

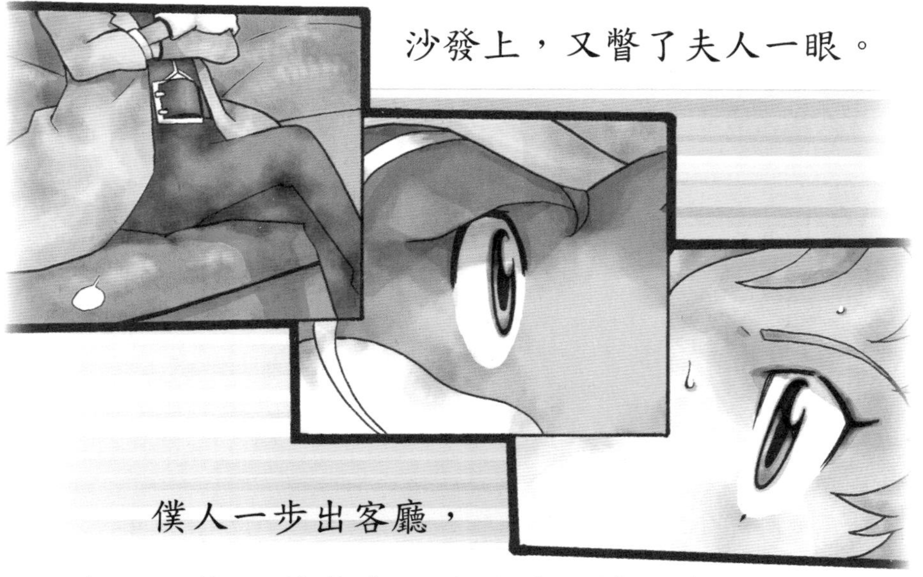

僕人一步出客廳，夫人就像一道崩潰了的堤壩那樣頹然倒下。

華生連忙奔前**攙扶**，但夫人已倒在福爾摩斯跟前，她發瘋似的懇求：「對不起！對不起！請你原諒我。我會把一切**真相**告訴你，但千萬不要告訴外子。**我太愛他了，我不能沒有他。**」

福爾摩斯連忙扶起夫人，讓她坐在另一張沙發上，並說：「沒關係，只要你把真相告訴我就行了。」

接着，霍普夫人把她與盧卡斯一段**不可告人**的交往坦白相告：「事發前兩天，盧卡斯秘密地約了我去他家見面……」

不可告人的過去

「嘿嘿嘿，凱特，好久不見了，別來無恙吧。」盧卡斯坐在家中客廳的沙發上，堆着滿臉笑容說。

「客套話不必說了，請你不要再叫我凱特，我已是霍普夫人。」霍普夫人坐在他的對面，冷冷地說。

「啊，對不起，失覺了。你雖然已貴為霍普閣下的夫人，但我仍然思念着與你昔日的交情，在我眼中，你依然是當年那個年輕美麗的凱特啊。」盧卡斯說。

「請你忘記我們昔日的交往，當年我**年少無知**交上了你這個花花公子。如果你有紳士風度的話，請你不要再提起那段往事，反正我們之間現在已無任何**瓜葛**。」

「嘿嘿嘿，當上了英國重臣的夫人，果然氣度不凡，說起話來也有貴夫人的氣派呢。哎呀，真懷念凱特當年**含情脈脈**的溫柔啊。」

「哼，閒話少說。你叫我來，究竟有什麼事情？我可沒空與你緬懷過去的陳年往事。」夫人說得決絕。

「你真的想忘記過去？」

「當然。」

「你我或許可以忘記過去，但**證物**仍在，就等於過去的關係仍在。」

「證物？你在說什麼？」

「要看嗎？」盧卡斯說着，施施然地從口袋中取出**一封信**，遞給霍普夫人。

夫人赫然一驚，信封雖然已經發黃，但信封上的字跡仍清晰可辨，那不就是自己的字跡嗎？她心裏掠過一絲**不祥的預感**。

「認得這封信嗎？」盧卡斯臉上露出陰險的微笑。

夫人奪過信封，以**發抖**的雙手掏出裏面的信件細看。信上那些露骨的**情話**，對她來說又遙遠又熟悉。沒錯，這封是多年前自己寫給盧卡斯的**情信**，想不到這個可恨的花花公子仍保管着它。這傢伙究竟有什麼目的？

「想要回這封信嗎？」盧卡斯打斷了霍普夫人的沉思。

「你想怎樣？為什麼給我看這封信？」夫人強作鎮靜地問道。

「嘿嘿嘿，沒什麼，只是想和你交換罷了。」

「交換？交換什麼？」

「交換你丈夫收藏的一封信。」

「哼！你休想！我丈夫的東西，你連看的資格也沒有！」說着，霍普夫人憤然把手上的信撕個粉碎，站起來就走。

「哈哈哈！」盧卡斯大笑，卻沒有起來阻止，「凱特，我早料到你有此一着。不過，別以為撕掉這封信就可了事。難道你忘記了？我手上還有好多封這樣的情信呢！」

「啊！」霍普夫人霎時止步，她記起來了，與盧卡斯交往的短短半年間，她寫過好幾封類似的情信給他，而且用詞都非常纏綿露骨，以她現在貴為大臣夫人的標準看來，就更是低俗得不堪入目。要是那些信件給公開了，自己必會名譽掃地，而非常重視家聲和面子的丈夫更不會寬恕她。

「你明白就好了。」盧卡斯看到霍普夫人猶豫不前，就知道已攻陷了她的防線。

他站起來，繞到夫人面前說：「我要的只是你丈夫的一封信。那封信不會對他造成任何傷害，只要把它偷來，我就會把你以前的所有情信雙手奉還。」

失而復得的奧妙

福爾摩斯聽完霍普夫人的憶述後問道：「那麼，你就答允偷走那封密函了。」

「是，我沒有別的選擇。」霍普夫人雙眼通紅，深深地**自責**。

「可以說一說其後的經過嗎？」福爾摩斯問。

「其後，我用**泥膠**印了公文箱鑰匙的模子交給盧卡斯，他很快就給我複製了一把鑰匙。然後，我按他的指示，趁丈夫外出時**偷走**了信件。」夫人低着頭說。

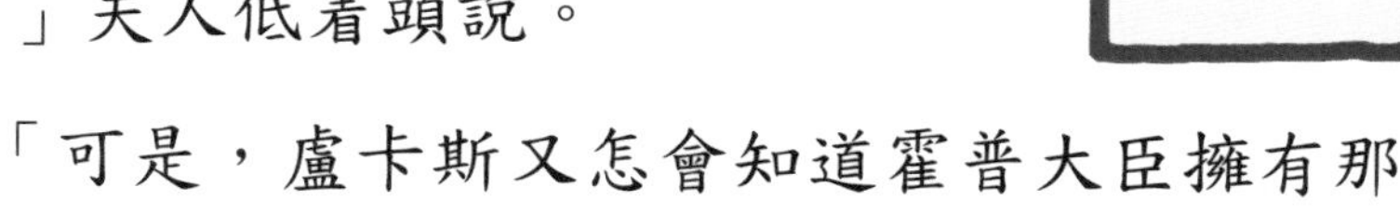

「可是，盧卡斯又怎會知道霍普大臣擁有那

封信，而且還知道他把信帶回家中呢？」福爾摩斯問。

「他沒有告訴我，我也沒問。但他似乎很清楚外子在辦公室的一舉一動，看來早已安插了**線眼**在外子的身邊。」

「你偷走那封密函後，就把它交給了盧卡斯，還目擊**慘案**發生？」福爾摩斯追問。

華生緊張地盯着霍普夫人，因為他等待的**戲肉**終

於來了。

「不，他被殺的事，我是第二天看報紙才知道的。」夫人抬起頭來，以渴求別人相信的神情說，「當晚我偷得信件後，向僕人訛稱去看話劇，其實是馬上就走去把信交給盧卡斯，完事後正想離開時，突然聽到門口傳來一陣喝叫盧卡斯的聲音。」夫人說。

「啊！」華生不禁暗叫。

「盧卡斯聞聲嚇了一跳，他好像已聽出來者是誰，匆匆忙忙地翻開地氈，把信件藏到地板下面的暗格裏。接着，一個女人發狂似的闖進來，她用法語喝罵我，然後就和盧卡斯糾纏起來。」夫人說。

「她說了些什麼呢？」福爾摩斯問。

「我學過一點法語，她大概是對盧卡斯

說：『你這個可恨的負心漢！我終於看到你和女人鬼混了！』然後，那女人從牆上拔下利劍，作勢要刺向盧卡斯。但盧卡斯也不示弱，連忙拿起一張椅子反抗。我見勢頭不對，就乘亂奪門而出，離開了盧卡斯的大宅。」夫人心有餘悸地說。

「第二天

早上，你從丈夫的反應中知道那封密函**非同小可**，於是跟蹤他和首相，跑來質問我有關密函的事，但不得要領，只好決定親手把它**偷**回來。昨夜，守在兇案現場門口那個**笨警察**給你騙倒了，你很順利就取回信件。」福爾摩斯求證。

「你猜的都對，我已取回信件，原想放回公文箱中，但這樣做的話，又不得不向外子招認偷信的事。我實在……不知如何是好。」夫人聲音**哽咽**。

福爾摩斯想了一想，說：「你把公文箱拿

來，我有辦法。」

夫人聞言，馬上從睡房拿來了那個木製的公文箱。

「信呢？請把它交給我。」

「就是這封了，我並沒有打開來看過。」夫人從腰間掏出密函。

福爾摩斯接過密函，說：「請把公文箱打開，我把密函放回去。不必擔心，之後的事情我自有辦法處理。」

夫人把手插進腰間，正要**掏出**鑰匙時，才突然記起：「啊！糟糕！為免被外子發現，我在偷信後已把複製的鑰匙丟棄了。」

「什麼？丟棄了？」福爾摩斯大驚。

就在這時，一陣腳步聲傳來，看來是霍普回來了。

夫人面露驚慌的神色道：「怎樣辦？外子已回來了。」

福爾摩斯倏地把密函收進口袋中，不慌不忙地說：「待會兒我說什麼，你都答『是的』就行，其他讓我來應付。」說完，又在華生耳邊說了些什麼。

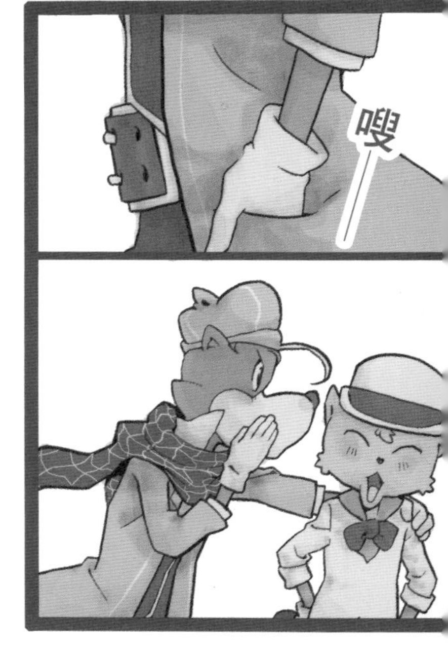

果然，是霍普回來了，叫人感到意外的是，首相貝林格爵士也一起走進客廳來。

「我的僕人說你來了，有什麼好消息嗎？」霍普看到福爾摩斯和華生，急不及待地問。

「唔……我已查過所有必須查的地方了，仍未有任何發現。」福爾摩斯裝模作樣地說，「不過，那封密函到現在仍未曝光，已證明它沒有被公開的危險。」

「不行，我們必須找到密函才可放心，否則，就像靠在一座火山的旁邊過日子，永不安寧。」霍普擔憂地說。

「你說得對，這正是我來這裏找你的原因。」福爾摩斯一頓，然後指着桌上的公文箱

說，「我認為那封密函從未離開過這間屋，甚至未離開過這個公文箱。我已請夫人把公文箱拿來，正想請她打開來找找看。夫人，對嗎？」

夫人一愣，但連忙意會地點頭：「是的。」

「可惜夫人沒有鑰匙，對嗎？夫人。」

「是的。」夫人再點頭。

「福爾摩斯先生！你這個玩笑開得太大了。我發現密函不見了之後，已把公文箱翻了又翻，又怎可能仍在箱中！」霍普生氣了。

那個情景和對答，簡直就像兩個小孩子在**鬥嘴**，站在一旁看着的華生暗笑。

「夠了、夠了。」貝林格爵士終於忍不住了，「霍普，打開來看看不就完事了。」

霍普雖然心有不忿，但又不可違抗首相的指令，只好掏出鑰匙，打開了公文箱。

福爾摩斯走到公文箱前，似要探頭去看。就在這一剎那，他們身後「啪」的一聲響起。各人轉頭望向聲響來處，原來是華生的手杖跌在地上。

「對不起，對不起。」華生尷尬地

蹲下來，撿起了手杖。

霍普沒好氣地再轉過頭去，往公文箱內翻了幾翻，突然，他的手止住了，一個熟悉的淺藍色信封映入他的眼簾。

「啊！怎會這樣的，密函竟然仍在這裏！」霍普驚呼，連忙把它交給貝林格爵士。

貝林格爵士打開信封細看，果然，正是鄰

國那個魯莽的君主寫來的密函，他邊看邊說：「霍普，恭喜你，信還在，一場沒有意義的戰爭可以避免了。」

霍普高興得走過去握着他妻子的手，眼泛淚光地說：「凱特，沒事了。找回了密函，就沒事了。」霍普夫人也忍不住掉下了激動的眼淚，不住地點頭。

「好了，密函已找到了，我的任務就完啦。華生，我們該告辭了。」福爾摩斯說。

霍普聞言，連忙走到我們大偵探的面前，不掩興奮地說：「請恕我剛才魯莽，但你是怎樣知道密函仍在箱子裏的？你簡直就是個魔術師，不，是神仙。」

「哈哈哈，我雖然常常玩小魔術，但不是什麼魔術師，也更不是神仙。」福爾摩斯笑道，

「我只是知道它不在其他地方而已。」

說完，就向華生遞了個**眼色**，踏開大步，穿過客廳，頭也不回地往大門口走去。華生不期然地向夫人**瞥**了一眼，只見她激動地看着福爾摩斯離去的背影，兩眼噙着感激的眼淚。

首相彷彿想到了什麼，也跟着走出客廳，追上福爾摩斯問道：「信是怎樣回到公文箱的？**它不可能自己長着腿走回去吧？**」

我們的大偵探眨了眨眼，露出神秘的微笑答道：「首相大人，你有外交上的機密，我也有業務上的秘密啊。」說完，就丟下一臉茫然的首相，推門而去。

離開霍普官邸後，華生與福爾摩斯肩並肩地在路上走着。

「你認為霍普夫人的說話都是真的嗎？」華生問。

「你指的是她和盧卡斯過去的**關係**嗎？嘿嘿嘿……你對一般的案情不甚了了，但對男女關係倒非常敏感呢。」福爾摩斯笑道。

「難道你沒懷疑嗎？例如，夫人與盧卡斯在年輕時，可能另有**私情**。」華生說。

「我當然也有懷疑，但這又有什麼關係呢？」福爾摩斯反問。

「難道明知她說謊，你也一樣幫她瞞天過海？」

「我沒幫她呀，我只是沒有追問下去罷了。她這種名媛的私隱只有小報才有興趣，我又不是小報的記者，問來幹嗎？而且，每個人都可能有一些不光彩的過去，何況是年輕時的輕狂。」福爾摩斯若有所思地說，「霍普夫人為了挽救丈夫的事業，不惜冒險回到兇案現場取回密函，已足可證明她深愛着丈夫，我們又何必深究人家的過去呢。」

「你真是個好人，霍普夫人對你那麼不客氣，你不但沒生氣，還處處為她着想。」華生佩服地說。

「哈哈哈，我才沒空為她着想呢。」福爾摩斯神秘地笑問，「你知道我質問她的時候，一直在想什麼嗎？」

「想什麼？」

「當然是想着怎樣花掉首相給我們的酬勞啦。那該是好大的一筆錢啊！哈哈哈！我們發財啦！」福爾摩斯裝出貪婪的樣子笑道。

華生斜眼看着這個頑童似的老搭檔，他知道福爾摩斯是以開玩笑來掩飾**害羞**，他就是這種人，最怕人家當面稱讚他。

為免老搭檔尷尬，華生只好轉換話題：「對了，那天首相和大臣到訪時，你為何聽到腳步聲就能猜出他們的**身份**？」

「憑一封電報。」

「電報？」

「他們來之前發了一封電報給我。」

「什麼？」

華生氣得大叫，他又給福爾摩斯**欺騙**了。

密函①

糟糕！我有封
密函不見了！
什麼
密函？

這個
不太方便説。
難道
又會引起
外交問題？
不……
但會引起
家庭問題。
?

因為……
那是我的
偷情信。

密函②

糟糕！我有封
密函不見了！
什麼
密函？

法國首相寫的，
公開了會引發戰爭。
這麼
嚴重嗎？
有辦法！

叫法國首相
再寫過，
不就行了嗎？

密函③

密函
不可能
在文件盒中！
看過才知道。

砰！

不好意思，
掉了手杖。

嗖

啊！密函竟然
真的還在！

讓我看看！

欠單
已欠租金三個月
見字快交租
包租婆上

糟糕，放錯了口袋裏的租單。
密函

福爾摩斯科學小魔術

你在本集開頭，
用檸檬皮汁玩的
那個實驗真有
趣。

其實檸檬皮汁
還可以用來做圖章。

先準備幾塊檸檬皮、碟子、印台、毛筆和一塊發泡膠。

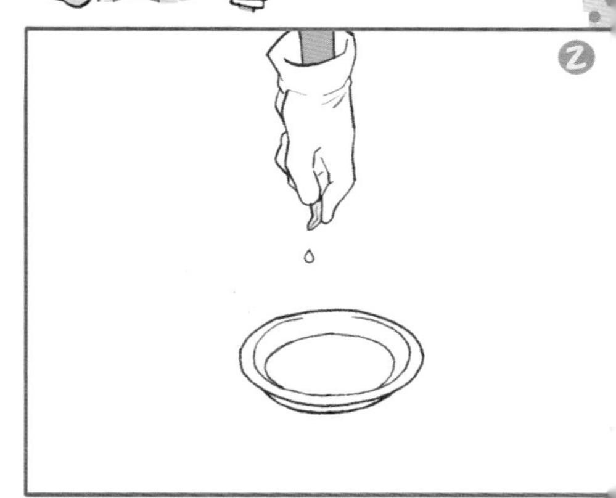

然後，把檸檬皮的汁榨到小碟上，要榨多一點啊。

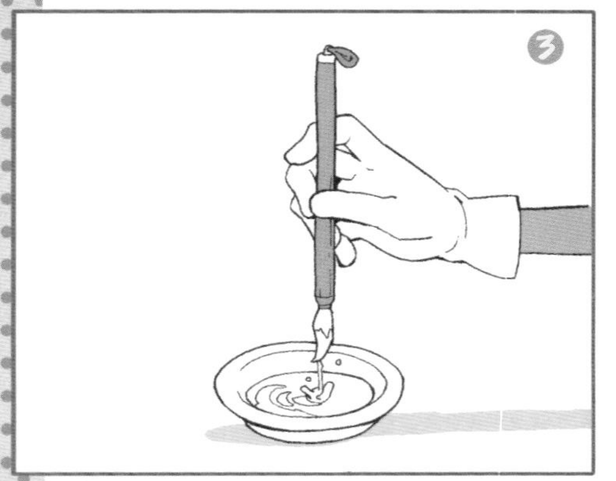

用毛筆蘸些檸檬皮的汁。

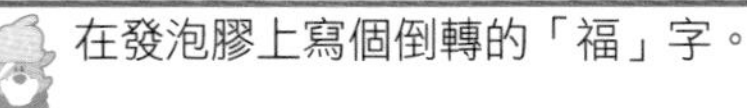
在發泡膠上寫個倒轉的「福」字。

用發泡膠製的圖章按一按印台，就可在紙上蓋印了！

科學解謎　為什麼檸檬皮的汁，可以在發泡膠上蝕刻出文字來？

因為檸檬皮的汁含有豐富的檸檬烯（C10H16），它可以溶化發泡膠。把檸檬皮的汁（即是檸檬烯）當作墨汁，在發泡膠上寫字，就可在發泡膠表面蝕刻出一個凹陷的字形，成為圖章了。當然，如果你用這些汁液來繪圖，還能印出圖案來呢。

(my name)